AF454370

Vente par suite du décès

DE

EUGÈNE DEVERIA

TABLEAUX

ÉTUDES

AQUARELLES, PASTELS ET DESSINS

PAR

EUGÈNE DEVERIA

Quelques Tableaux anciens

Des Écoles française et hollandaise

DEUX GROUPES EN MARBRE

PAR RAMUS

MEUBLES EN BOIS SCULPTÉ ET OBJETS DE CURIOSITÉ

Provenant de son Atelier

HOTEL DROUOT, SALLE N° 8

Le Samedi 1er Juin 1867, à trois heures précises

EXPOSITION PUBLIQUE

Le Vendredi 31 Mai 1867, de 1 heure à 5 heures

M. CHARLES PILLET
COMMISSAIRE-PRISEUR,
rue de Choiseul, 11.

M. FRANCIS PETIT,
EXPERT,
rue Saint-Georges, 7.

1867

TABLEAUX & ÉTUDES

PAR

Eugéne DEVERIA.

8 — Odalisque au sérail.

9 — Les derniers moments de Calvin.

Il fait ses adieux à la municipalité de Genève.

10 — Retour de Christophe Colomb.

11 — Le Sacre de Charles X.

Esquisse terminée du tableau détruit en 1848, au Palais-Royal.

12 — Sainte Claire.

13 — Jésus-Christ succombant sous le poids de la croix.

14 — Martyre de sainte Felicité.

15 — Épisode de la Saint-Barthélemy.

16 — Première idée du métier à tricoter.

17 — Ophélie.

18 — Scène d'inondation.

19 — La mort du fils de la Sunamite.

20 — Henriette d'Angleterre.

21 — La toilette du matin.

22 — Épisode de la révolution de Saint-Domingue.

23 — Le Cyclope.

24 — La Marquise de Ganges.—Étude.

25 — Jésus-Christ portant la croix, figure à mi-coi

26 — Christ en croix.
D'après un tableau de Jordaens.

27 — Un Artiste dessinant.

28 — Un Grec.
Tête d'étude pour le tableau de Marco Botzaris à Mis-
solonghi.

29 — Nature morte.

30 — Composition de concours.

31 — Odalisque couchée.

32 — Portrait du marquis de Saint-Léger.

33 — Portrait d'homme.

34 — Portrait d'une dame en costume de l'époque de Louis XV.

AQUARELLES

PAR

Eugène DEVERIA.

~ ~~~~~~~~~~

41 — Odalisque.

42 — Les Quatre servantes.

43 — Jeune fille tenant une lampe.

PASTELS

PAR

Eugène DEVERIA.

44 — Femme étreignant son enfant. (Épisode des Vêpres si-
ciliennes.)

45 — La Muse de la Poésie.

46 — Jeune femme à sa toilette.

47 — Jeune femme de la vallée d'Ossau, portant un vase sur
sa tête.

48 — Mater Dolorosa.

49 — Tête de Christ.

50 — Mater Dolorosa.

DESSINS

PAR

Eugène DEVERIA.

TABLEAUX

Par divers.

~~~~~~~~~~~

COLE FRANÇAISE.

71 — La porteuse d'eau.

72 — Tête de jeune fille coiffée d'un chapeau.

73 — Tête de jeune fille coiffée d'une fanchon.

CHARPENTIER.

74 — L'Empirique.

Composition de sept figures.
~~~~~~~~~~~

LEMOYNE.

75 — Bacchante tenant des raisins.

ÉCOLE DU POUSSIN.

76 — Jésus guérissant un paralytique.

ÉCOLE HOLLANDAISE.

77 — Paysans et animaux dans un paysage.

78 — Église près d'un canal glacé.

79 — Quelques paysages. Gouaches.

VERSCHURING.

80 — Animaux au repos.

VERTANGEN.

81 — Intérieur hollandais.

DAVID DE NOTER (père).

82 — Intérieur de l'atelier du peintre.

ÉCOLE DE CUYP.

83 — Animaux au bord de la mer.

ÉCOLE DE VAN DER NEER.

84 — Paysage hollandais. Effet de lune.

RUBENS (d'après).

85 — Tête de Christ.

ÉCOLE FLAMANDE.

86 — Chiens de berger attaquant un loup.

ECOLE MODERNE

DEVERIA (Marie).

87 — Muletiers aragonais. Aquarelle.

MOZIN.

88 — Rivière de la Toucques, près Trouville.

SCHNETZ.

89 — Allégorie sur la révolution de 1830.

ÉCOLE ANGLAISE.

90 — Bords de l'Escaut.

MARBRES

PAR

RAMUS.

~~~~~~~~~~~

91 — La Coquetterie.

Groupe en marbre. — Haut., 95 cent.; larg., 30 cent.

92 — Les Enfants au lézard.

Groupe en marbre. — Haut., 62 cent.; larg., 40 cent.
~~~~~~~~~~~

MEUBLES EN BOIS SCULPTÉ & OBJETS DE CURIOSITÉ

93 — Plusieurs bahuts, armoires, tables et coffrets en boi
sculpté.

94 — Quelques objets en porcelaine de Chine et du Japon,
faïences, etc.

Paris. — Imprimerie de PILLET fils aîné, rue des Grands-Augustins, 5.

www.ingramcontent.com/pod-product-compliance
Lightning Source LLC
LaVergne TN
LVHW021609170726
843501LV00010B/3950